Celebremos la diversidad hispana

LA GENTE Y LA CULTURA DE LA REPÚBLICA DOMINICANA

Ian Emminizer

Traducido por Esther Sarfatti

PowerKiDS press.

New York

Published in 2018 by The Rosen Publishing Group, Inc.
29 East 21st Street, New York, NY 10010

Copyright © 2018 by The Rosen Publishing Group, Inc.

All rights reserved. No part of this book may be reproduced in any form without permission in writing from the publisher, except by a reviewer.

First Edition

Translator: Esther Sarfatti
Editorial Director, Spanish: Nathalie Beullens-Maoui
Editor, Spanish: María Cristina Brusca
Book Design: Rachel Rising

Photo Credits:Cover KIKE CALVO/VWPICS/Alamy Stock Photo; Cover (background) Buena Vista Images/Photodisc/Getty Images; Cover, p. 1 https://commons.wikimedia.org/wiki/File:Flag_of_the_Dominican_Republic.svg; p. 5 photopixel/Shutterstock.com; p. 9 https://commons.wikimedia.org/w/index.php?title=File:Caritas_Enriquillo.jpg&oldid=209012695; p. 11 GiuseppeCrimeni/Shutterstock.com; p. 13 Zoran Karapancev/Shutterstock.com; p.15 David Pou/Shutterstock.com; p. 17 Riderfoot/Shutterstock.com; p. 27 Aspen Photo/Shutterstock.com; p. a katz/Shutterstock.com; p. 30 Brothers Good/Shutterstock.com.

Cataloging-in-Publication Data

Names: Emminizer, Ian.
Title: La gente y la cultura de la República Dominicana / Ian Emminizer.
Description: New York : PowerKids Press, 2018. | Series: Celebremos la diversidad hispana | Includes index.
Identifiers: ISBN 9781538327104 (pbk.) | ISBN 9781508163022 (library bound) | ISBN 9781538327548 (6 pack)
Subjects: LCSH: Dominican Republic—Juvenile literature.
Classification: LCC F1934.2 E46 2018 | DDC 972.93—dc23

Manufactured in the United States of America

CPSIA Compliance Information: Batch #BW18PK: For Further Information contact Rosen Publishing, New York, New York at 1-800-237-9932

CONTENIDO

BIENVENIDOS A LA REPÚBLICA DOMINICANA

La República Dominicana es un país caribeño que comparte la isla de La Española con Haití. Está a unos 237 millas (381 km) al oeste de Puerto Rico y a unas 600 millas (966 km) al sudeste de Estados Unidos. Su historia, las alegres **costumbres** del país y la belleza natural de la isla, forman parte de su cultura fascinante.

Muchos pueblos diferentes se han asentado en la isla a lo largo de su historia. Los primeros habitantes llegaron en canoas desde América del Sur para disfrutar de los recursos naturales de la isla. Cuando llegó Cristóbal Colón, en 1492, también reconoció el valor de la isla y estableció una colonia española. Antes de la independencia dominicana, la nación fue controlada en diferentes momentos por España, Francia y Haití. La cultura y la **ascendencia** de los dominicanos actuales reflejan muchas **tradiciones** y orígenes diferentes. Tanto los grupos **indígenas**, como los europeos y los africanos son parte de la historia de la República Dominicana.

La costa dominicana serpentea por el océano Atlántico y el mar Caribe a lo largo de 977 millas (1,572 km). Es fácil apreciar los encantos de esta isla fértil y pintoresca.

UN PARAÍSO TROPICAL

La República Dominicana se encuentra en la isla de La Española. Esta isla es la segunda más grande del Caribe. La República Dominicana ocupa el lado este de la isla, mientras que Haití está al oeste. La Española está dividida por cinco cordilleras y contiene la montaña más alta del Caribe, el pico Duarte; así como su punto más bajo, el lago Enriquillo. El clima, en general, es agradable. No obstante, la zona sufre a menudo de huracanes, que pueden ser muy destructivos y, algunas veces, causan la muerte de muchas personas.

La República Dominicana es conocida por sus playas de arena blanca y la riqueza de su fauna marina. A menudo se ven manatíes, delfines y ballenas jorobadas en sus aguas. Si nadas con una máscara de buceo, podrás observar tortugas, peces tropicales y corales.

El paisaje de la República Dominicana se caracteriza por sus diferentes climas, plantas y animales. En sus exuberantes selvas tropicales crecen caobas, ébanos y enebros; y viven animales como papagayos, serpientes, iguanas y solenodontes. El solenodonte es uno de los dos únicos mamíferos originarios de la isla que han sobrevivido hasta hoy. Es un animal parecido a una rata que mata a sus presas con su mordedura venenosa.

ANTEPASADOS INDÍGENAS

Los taínos vivían en La Española cuando llegaron los europeos en 1492. Lo más probable es que los primeros taínos hayan sido los pueblos arahuacos del Amazonas que se asentaron en la isla alrededor del 400 a. C. Este pueblo pacífico dividió La Española en cinco secciones, cada una gobernada por un jefe. Los taínos eran excelentes agricultores y pescadores. También crearon pinturas **rupestres**, cerámicas y tejidos. Para solucionar desacuerdos entre ellos, jugaban un juego de pelota llamado *batu*. Las palabras "huracán", "barbacoa", "canoa" y "hamaca" vienen del idioma taíno.

Bajo el dominio europeo, disminuyó la población taína debido a las enfermedades, violencia, esclavitud y hambre. Los taínos que quedaron tuvieron que aceptar la cultura española a la fuerza. Todavía sobreviven elementos del estilo de vida taíno, ya que entre el 15 y el 18 por ciento de los dominicanos tiene ascendencia taína.

Estas inscripciones en piedra se conocen como las Caritas. Se encuentran cerca del lago Enriquillo, en unas cuevas donde posiblemente se cobijaran los primeros habitantes de La Española.

El comercio de esclavos africanos

Como los taínos estaban a punto de desaparecer, los españoles miraron hacia África en busca de una fuente de mano de obra esclava. A partir de 1520, más de medio millón de africanos occidentales fueron obligados a viajar en barco hasta La Española. Los que sobrevivían el viaje eran obligados a trabajar en las minas y los campos de caña de azúcar que convirtieron a La Española en una colonia rica. La esclavitud se prohibió en 1822, cuando Haití se unió a La Española durante un periodo corto. La mayoría de los dominicanos actuales tienen una ascendencia mixta africana y europea.

FIGURAS HISTÓRICAS

Después de los taínos, la isla de La Española fue gobernada por varios países. Mientras gobernaba Haití, Juan Pablo Duarte lideró el esfuerzo por reclamar la independencia en 1843. Aunque no tuvo éxito y abandonó el país, gracias a sus seguidores el país consiguió la libertad en 1844 y tomó como nombre la de su ciudad principal de Santo Domingo. Duarte regresó, pero poco después fue **exiliado** por sus opositores. No obstante, se le considera uno de los padres de la República Dominicana, y su papel en la liberación del país se sigue celebrando hasta hoy.

La República Dominicana ha tenido una historia violenta y turbulenta. Durante décadas, fue gobernada por terratenientes ricos y, a menudo, ha estado bajo el poder de **dictadores**. No se celebraron elecciones democráticas importantes sino hasta 1962, cuando Juan Bosch se convirtió en presidente. Bosch, quien era poeta además de político, fue derrocado menos de un año después por las fuerzas militares. Se le recuerda por sus logros literarios y su honradez.

Juan Pablo Duarte está enterrado en el Altar de la Patria, en Santo Domingo.

Las hermanas Mirabal

Las hermanas Mirabal, también conocidas como las Mariposas, organizaron un movimiento de oposición contra el dictador Rafael Trujillo en 1959. Como resultado, tres de las cuatro hermanas fueron asesinadas. Su historia inspiró a otros a luchar contra Trujillo y establecer una democracia en la República Dominicana. Hoy, a las hermanas se las considera heroínas nacionales. Algunos de sus hijos mantienen vivo su legado siendo políticos y portavoces a favor de la justicia y la igualdad.

RELIGIÓN Y CREENCIAS

Cristóbal Colón y los misioneros españoles fueron los primeros en llevar las ideas y costumbres del catolicismo a la República Dominicana. Hoy en día, la mayoría de los dominicanos son católicos. Sin embargo, mucha gente se identifica como católica aunque no practique la religión.

Es común la mezcla del catolicismo con tradiciones folclóricas u otras religiones. Algunos dominicanos festejan las fiestas patronales, que son días festivos durante los cuales se celebra al santo patrón de un pueblo o una ciudad. Mucha gente acude a estas figuras religiosas para pedir protección y consejos. Las fiestas patronales se celebran con música, oraciones y comida.

Nuestra Señora de la Altagracia es la figura religiosa más importante de la República Dominicana. Esta virgen es la patrona del país.

La catedral de Santa María de la Encarnación, en Santo Domingo, es la más antigua de América. La construcción de esta impresionante iglesia católica, a principios del siglo XVI, duró tres décadas.

CELEBRACIONES

Los festivales y días festivos son ocasiones muy alegres en la República Dominicana. Cada domingo de febrero, los dominicanos celebran el carnaval con desfiles, disfraces elaborados, música y danza. ¡El país ha celebrado esta fiesta desde 1510!

Los orígenes mixtos de los dominicanos saltan a relucir durante esta época tan animada, ya que se juntan las tradiciones taínas, africanas y europeas. En muchas ciudades del país se celebran eventos especiales, pero uno de los más grandes tiene lugar el último domingo de febrero en el pueblo de La Vega. Este es especialmente festivo porque cae muy cerca del Día de la Independencia Dominicana, el 27 de febrero.

Las fiestas católicas son muy importantes en la República Dominicana. Existen muchos días especiales para honrar a los santos y celebrar las tradiciones de la Navidad y la Semana Santa. Originalmente, el carnaval se celebraba justo antes de la Semana Santa.

Muchos dominicanos llevan máscaras y trajes de vivos colores durante los carnavales. Algunos personajes, como los diablos cojuelos, aparecen año tras año. Estos demonios bailan durante las celebraciones, ¡tratando de asustar a la gente!

¡FRESCO Y DELICIOSO!

La comida es una parte importante de la vida social en la República Dominicana. La comida principal se hace al mediodía, cuando la gente aprovecha para relajarse y compartir con los amigos o la familia. Los platos dominicanos tienen influencias españolas, africanas y taínas. Se trata de comida criolla, que es la más común en el Caribe.

En las recetas dominicanas se aprovechan los maravillosos alimentos que ofrece la isla. Las zonas costeras disfrutan de abundantes alimentos marinos, como pescados, pulpos y mariscos. Son muy populares los plátanos, tanto maduros como verdes, que suelen comerse cocidos, machacados y mezclados con otros alimentos. También son ingredientes comunes el arroz, las papas, la yuca, la mandioca y la carne de chivo.

Uno de los platos típicos de la República Dominicana es "la bandera", que consiste en arroz blanco, frijoles rojos, carne, ensalada y plátanos verdes. Se llama así porque refleja los colores de la bandera dominicana.

Las frutas tropicales son abundantes en la isla y constituyen una buena fuente de alimento saludable para los dominicanos. Mangos, plátanos, papayas, maracuyás, cocos, guayabas, piñas y melones se cultivan en todo el país.

Pan taíno

La receta del casabe, un tipo de pan plano hecho de mandioca o yuca, es una herencia del pueblo taíno. La mandioca es una planta que crece fácilmente y con rapidez en el Caribe. Para hacer casabe, se cosechan las raíces de la mandioca, se pelan, se ponen en remojo, se muelen, se aplastan y se les da forma redonda. Los taínos cocinaban el casabe en hogueras, pero hoy en día la mayoría de los dominicanos usan una parrilla. Este pan tradicional se puede servir con mantequilla, ajo o verduras. A menudo se come con sopas, estofados y otras comidas típicas.

EL ARTE DE LA ISLA

El arte dominicano más antiguo se puede ver en muchas de las cuevas naturales de la isla, donde los taínos grababan sus historias y creencias en la piedra. Las inscripciones y dibujos que dejaron nos ofrecen un vistazo de sus interesantes vidas y poder creativo. Muchos de estos dibujos, hechos con carbón, son realistas y nos dan una idea de cómo la gente veía la naturaleza. Otros son más imaginativos, combinando figuras animales y humanas de forma mágica.

El arte moderno de la República Dominicana se expone en museos, galerías y otros lugares públicos. Muchos artistas aficionados venden sus pinturas coloridas en las calles. Santo Domingo y el pueblo de Altos de Chavón están llenos de estudios de artistas dominicanos e internacionales. Las obras de estos artistas populares, a menudo, ilustran e **interpretan** la vida de la República Dominicana.

Humanos y animales interactúan en este dibujo rupestre de la cueva La Línea, que se encuentra en el Parque Nacional Los Haitises. ¿Qué ves en el dibujo?

ESCRITORES Y LIBROS

Aunque los taínos se **expresaban** a través de su arte y sus historias, no tenían un lenguaje escrito. Algunos de los primeros textos sobre la República Dominicana fueron escritos por líderes religiosos españoles. El fraile Bartolomé de las Casas escribió un libro de historia acerca del Caribe, en el que hablaba también de la República Dominicana. En este libro, pedía a otros españoles que actuaran de manera justa con los taínos. Desgraciadamente, no escucharon sus consejos.

La mayoría de los autores dominicanos escriben en español, la lengua oficial del país. Durante el siglo XIX, se desarrollaron unos estilos **únicos** que se concentraban en la vida en la República Dominicana. Un famoso escritor dominicano fue el poeta Pedro Mir, conocido como don Pedro. En 1993, recibió el Premio Nacional de Literatura. Mucha gente se identifica con sus escritos, los cuales reflejan las esperanzas, los sueños y las vidas de los dominicanos trabajadores.

La escritora Julia Álvarez, ganadora del Premio Pura Belpré, nació en la ciudad de Nueva York, pero se crió principalmente en el país natal de sus padres: La República Dominicana. Sus libros hablan de las vidas de los dominicanos y de los **inmigrantes**.

ELEGANCIA Y MODA

Vestirse de manera cuidadosa y correcta, y a veces con ropa formal, es especialmente importante en la cultura dominicana. Los vestidos y faldas largas y el entusiasmo por el color que caracterizan los trajes tradicionales dominicanos están fuertemente influenciados por el estilo español.

Los hombres dominicanos, a menudo, llevan una camisa llamada chacabana con pantalones largos de color oscuro. La chacabana es una camisa ligera, típicamente blanca, negra o de color claro, con adornos cosidos a mano. Tiene dos o cuatro bolsillos en la parte delantera y dos tiras verticales de tela. La chacabana suele llevarse en ocasiones especiales.

En cuanto a la moda, la República Dominicana tiene un embajador conocido internacionalmente: Óscar de la Renta. Muchas personas famosas de todo el mundo han llevado sus creaciones.

Los sombreros de paja son esenciales en esta isla calurosa y soleada, tanto para los dominicanos como para los turistas. Los sombreros con bordes deshilachados son especialmente populares.

MÚSICA Y DANZA

La cultura dominicana y su música ¡son inseparables! Las calles de la isla se llenan del ritmo célebre del merengue, pero también se escuchan los ecos melodiosos de la bachata tradicional y los sonidos animados de la salsa. Estos tres estilos musicales mueven a la gente a bailar, el pasatiempo favorito de los dominicanos.

El merengue es el tipo de música más popular del país y se escucha a un volumen alto y con mucho entusiasmo en las casas y los espacios públicos. El sonido único del merengue tiene sus orígenes en influencias europeas y africanas. Tradicionalmente, se toca con acordeón, un instrumento llamado güira y un tambor de dos caras llamado tambora. Actualmente el merengue es una danza de parejas y se reconoce por sus pasos pequeños y los movimientos de las caderas de los bailarines. Las letras de las bachatas tradicionales hablan de romance y de la vida en el campo. Las parejas bailan despacio y muy juntos al ritmo de estas emocionantes canciones.

El instrumento que se ve a la izquierda es una güira. Muchos conjuntos de merengue combinan estos tres instrumentos tradicionales con el sonido fuerte de los saxofones.

La güira

La música tiene una larga historia en la República Dominicana. Uno de los instrumentos que han sobrevivido desde los tiempos de los taínos es la güira. Este instrumento se usa para marcar el ritmo en las canciones de merengue y bachata. Si escuchas un sonido rasposo, ¡has identificado la güira! Los taínos las hacían con calabazas secas. Marcaban el ritmo al raspar la parte exterior de la calabaza con un palo. Hoy en día, los dominicanos tocan güiras de latón con ganchos de metal.

DEPORTES Y AVENTURA

Sin duda el deporte más querido en la República Dominicana es el béisbol. A principios del siglo XIX, unos marineros estadounidenses enseñaron este juego a los cubanos, que luego se lo pasaron a los dominicanos. Como nación, la República Dominicana aceptó este deporte incondicionalmente. Existen seis equipos profesionales en la isla y muchos dominicanos también juegan en las Ligas Mayores de béisbol de Estados Unidos. Estos deportistas, cuyos logros han batido récords, son una fuente de orgullo para los dominicanos.

Otros deportes profesionales y populares en la República Dominicana son el voleibol y el boxeo. Además, las playas y aguas cristalinas de la isla son muy apropiadas para la vela, el buceo, el surf, el *kiteboarding* y el *windsurf*. El senderismo es una forma saludable de visitar las impresionantes montañas, cataratas y playas de la isla. Los más aventureros también tienen la opción de navegar las aguas bravas del río Yaque del Norte, el más largo del país.

La estrella de béisbol, Sammy Sosa, es de la República Dominicana.

Marcos Díaz, el Delfín Dominicano

Solo una persona en el mundo ha conectado cinco continentes diferentes a nado. Se trata del dominicano Marcos Díaz. De niño, Marcos tenía asma, así que comenzó a nadar para fortalecer sus pulmones. Ahora es un nadador de larga distancia que ha cruzado el canal de la Mancha. También ha nadado de Nueva Guinea a Indonesia, de Jordania a Egipto, de Marruecos a España y de Rusia a Alaska. En una ocasión, nadó dos veces alrededor de la isla de Manhattan para recaudar fondos para los niños enfermos.

LOS DOMINICANOS EN ESTADOS UNIDOS

Los dominicano-estadounidenses representan una gran parte de la población hispana de Estados Unidos. La mayoría vive en el noreste, y casi la mitad de todos los dominicano-estadounidenses viven en la ciudad de Nueva York. En 1960, los dominicanos empezaron a inmigrar debido a problemas políticos. Desde entonces, el barrio neoyorquino de Washington Heights se ha convertido en lugar de residencia de muchos dominicanos. Como resultado, en este barrio hay una comunidad hispana muy fuerte donde las personas pueden hablar español y compartir su cultura entre ellas y con los demás.

Los dominicanos tienen mucho que compartir con los demás estadounidenses. Sus platos deliciosos, divertidos festivales, música emocionante, danzas llenas de energía, dedicación a la familia y los amigos, y su pasión por los deportes, contribuyen a enriquecer la vida en donde residan.

Las banderas dominicanas ondean por las calles de Nueva York en el desfile anual dominicano. ¡Más de un millón de dominicanos viven en la ciudad de Nueva York!

CELEBRANDO LA VIDA

La historia de la República Dominicana no es siempre fácil de estudiar ni de comprender. Varios dictadores a lo largo de la historia del país han fomentado el maltrato a gente y han puesto obstáculos a la paz y la igualdad. Sin embargo, aun durante los tiempos más difíciles, la cultura dominicana ha encontrado la forma de prosperar y unir lo mejor de su pasado a su rica y variada cultura.

La República Dominicana es una verdadera mezcla de gente de diferentes orígenes. Al combinar las tradiciones de todos, se han creado costumbres nuevas y únicas. Los dominicanos saben celebrar la vida con alegres festivales, actividades relacionadas con la naturaleza, largas y sabrosas comidas con familias y amigos, y el animado ritmo de la música que marca el compás de la isla.

GLOSARIO

ascendencia: el origen de una persona en cuanto a su familia o nacionalidad.

costumbre: una acción o forma de comportarse que es tradicional entre la gente de un determinado grupo o lugar.

dictador: una persona que gobierna un país con todo el poder político, a menudo de forma cruel.

elaborado: preparado con cuidado y con mucho detalle.

exiliar: obligar a alguien a dejar su hogar o su país.

expresar: dar a entender algo a través de palabras o acciones.

indígenas: las primeras personas que nacen y habitan un lugar.

inmigrante: una persona que llega a otro país para vivir allí.

interpretar: traducir algo o explicarlo de una forma nueva.

rupestre: las pinturas rupestres son las que están hechas sobre rocas o en cavernas.

tradición: una forma de pensar, comportarse o hacer algo que la gente de una determinada sociedad lleva mucho tiempo practicando.

único: especial y diferente de lo demás.

ÍNDICE

SITIOS DE INTERNET

Debido a la naturaleza cambiante de los enlaces de internet, PowerKids Press ha elaborado una lista de sitios web relacionados con el tema de este libro. Este sitio se actualiza de forma regular. Por favor, utiliza este enlace para acceder a la lista: www.powerkidslinks.com/chd/domi